¿Cómo dan las buenas noches los dinosaurios?

ALLOSAURUS

CORYTHOSAURUS

PTERANODON

APATOSAURUS

DIMETRODON

ANKYLOSAURUS

TRACHODON

TYRANNOSAURUS REX

STEGOSAURUS

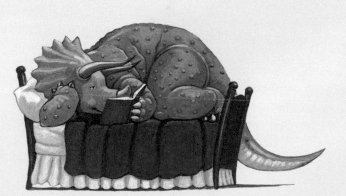

TRICERATOPS

ALLOSAURUS

CORYTHOSAURUS

PTERANODON

APATOSAURUS

DIMETRODON

ANKYLOSAURUS

TRACHODON

TYRANNOSAURUS REX

STEGOSAURUS

TRICERATOPS

JANE YOLEN

¿Cómo dan las buenas noches los dinosaurios?

Ilustrado por

MARK TEAGUE

SCHOLASTIC INC.

New York Toronto London Auckland Sydney
Mexico City New Delhi Hong Kong Buenos Aires

Originally published in English as
How Do Dinosaurs Say Good Night.

Translated by Pepe Alvarez-Salas

No part of this publication may be reproduced, or stored in a retrieval system, or
transmitted in any form or by any means, electronic, mechanical, photocopying,
recording, or otherwise, without written permission of the publisher.

For information regarding permission, write to Scholastic Inc., Attention:
Permissions Department, 555 Broadway, New York, NY 10012.
This book was originally published in English in hardcover
by the Blue Sky Press in 2000.

ISBN 0-439-31735-5

Library of Congress Cataloging-in-Publication data available.

22 21 20 19 18 17 16   10 11 12 13 14 15/0

Printed in the U.S.A.   08
First Scholastic Spanish printing, September 2001

A mis pequeños dinosaurios a la hora de dormir:

Maddison Jane y Alison Isabelle

J. Y.

A mamá y papá

M. T.

¿Cómo da las buenas noches un dinosaurio a papá cuando va a apagar la luz porque hay que descansar?

¿Quizás haga pucheros y pegue con la cola golpes en el suelo?

PTERANODON

¿O puede que no escuche

y lance desde el techo

su oso de peluche?

¿Dará
pisotones
y dirá:

"Yo quiero oír otro cuento"?

¿O RUGIRÁ
DESCONTENTO?

¿Cómo da las buenas noches
un dinosaurio a mamá
cuando viene a apagar la luz
porque hay que descansar?

¿Moverá el cuello

de lado a lado?

¿O pedirá que
lo lleven
a caballo?

ANKYLOSAURUS

¿Se quejará,

protestará,

gritará

enojado?

¿O llorará en la cama
como un niño mimado?

Pues no. Los dinosaurios
no hacen nada de eso.
¡Sólo quieren
dar un beso!

T-REX

STEGOSAURUS

Apagan la luz.

DIMETRODON

Se van a la cama.
Dicen: "Buenas
noches, mami.
Hasta mañana".

Y con
cuidadito,
dan un abrazo
y otro besito.

Buenas noches.

Dulces sueños, mi dinosaurio pequeño.

ALLOSAURUS

CORYTHOSAURUS

PTERANODON

APATOSAURUS

DIMETRODON

ANKYLOSAURUS

TRACHODON

TYRANNOSAURUS REX

STEGOSAURUS

TRICERATOPS

ALLOSAURUS

PTERANODON

CORYTHOSAURUS

APATOSAURUS

DIMETRODON

ANKYLOSAURUS

TRACHODON

TYRANNOSAURUS REX

STEGOSAURUS

TRICERATOPS